LES POTAGERS

FEYEUX

12 SONNETS INÉDITS

PAR

CHARLES MONSELET

LES POTAGES

DE LA

MAISON FEYEUX

Les produits alimentaires de la Maison Feyeux comprennent la plus grande partie des végétaux qui servent à la nourriture de l'homme.

Ces produits sont spécialement destinés à la préparation prompte, facile et économique des déjeuners, potages, purées et entremets.

Pour avoir une idée de cet immense assortiment, il suffit de se rappeler que la Maison Feyeux fabrique *trois cents espèces* de produits différents pour la confection des potages seulement!

Aucune autre maison en Europe ne peut offrir une telle variété.

HISTORIQUE

La maison Feyeux a été fondée en 1828. Elle compte donc aujourd'hui quarante années d'existence.

Elle a concouru, pour la première fois, à une Exposition :

En 1832, où elle a reçu une mention honorable;

En 1839, une première médaille de bronze lui a été décernée ;

En 1842, à l'Exposition nationale, une médaille d'argent ;

En 1851, à l'Exposition universelle de Londres, elle a reçu la seule médaille de prix (*prize medal*) décernée à cette industrie ;

En 1855, Exposition universelle de Paris, médaille de 2e classe ;

En 1862, nouvelle médaille d'argent ;

En 1867, Exposition universelle de Paris, les deux plus hautes récompenses accordées à ce genre de produits : deux médailles d'honneur (argent).

Dans la même période de temps, les diplômes suivants étaient conférés à la maison Feyeux.

1862, brevet d'invention « pour un nouveau système de préparation des fécules alimentaires » ;

1864, diplôme royal conférant à la maison Feyeux le titre de « Fournisseur privilégié de S. M. le roi d'Italie » ;

1866, Fournisseur ordinaire de la cour de Prusse ;

1867, à l'issue de l'Exposition universelle, brevet de « Fournisseur de S. M. l'Empereur des Français », brevet décerné à la maison Feyeux « en raison de la haute réputation qu'elle s'est acquise dans son industrie. »

Ces récompenses réitérées sont de bonnes preuves que la maison Feyeux à conquis le premier rang dans ce genre de fabrication.

TAPIOCA-FEYEUX

Aux banquets où les Dieux en troupe
Festoyaient dans l'azur des cieux,
L'ambroisie emplissait leur coupe ;
Mets perdu ! plat délicieux !

Plus tard, modeste et noble groupe,
Mais non moins gourmands que les Dieux,
Nos ancêtres avaient la soupe.
O temps naïfs ! Nous avons mieux.

Soyons fiers de nos avantages,
Et transmettons à nos neveux,
Parmi nos plus beaux héritages,

Ce cri célèbre en mille lieux :
" Le plus savoureux des potages
" Est le Tapioca-Feyeux ! „

COUSCOUSSOU DES ARABES

Un mot a résonné sous l'africaine hutte.

Couscoussou !

Ne croit-on pas ouïr comme un soupir de flûte

De Talou ?

De ce plat indigène, et que nul ne discute,

Je suis fou.

J'irais pour en goûter, bravant péril ou chute,

N'importe où.

Que d'échos dans ta plaine il éveille sans cesse,

Mitidja !

S'il faut qu'il soit vendu pour lui, mon droit d'aînesse

L'est déjà,

O couscoussou ! régal de ma brune maîtresse,

Kadoudja !

FARINE DE PETITS POIS

Comme un essaim d'enfants en blouse verte
Sous le soleil s'ébattant à la fois,
Voici venir tout à coup, bande alerte,
Voici venir les gentils petits pois!

Au potager, la terre en est couverte,
Pour les cueillir, paniers sont trop étroits,
Clamart triomphe! Et partout j'aperçois
Leur primeur gaie à chaque table offerte.

Il faut compter avec ces fins matois,
Car, en dépit de leur air léger, — certe,
Dans la cuisine ils ont un très-grand poids.

On les oblige à de nombreux emplois.
Pour les manger, souvent je me concerte...
Mais la Farine a décidé mon choix

CRÈME DE RIZ

Oui, la Crème de riz a ses métamorphoses.

C'est ainsi, l'autre soir, qu'à mes regards surpris,

Dans sa robe de lait, prête aux métempsycoses,

Elle apparut, — substance et potage sans prix.

J'en tombai tout d'abord éperdûment épris.

Les mets se succédaient · gibiers bruns, poissons roses

Et bleus ; rien ne parlait à mes esprits moroses ;

Car je pensais toujours à la Crème de riz.

Tout à coup se dressa, selon les étiquettes,

Un soufflé merveilleux et flanqué de croquettes.

Chacun de s'écrier! Moi seul, l'air morne et las,

Je restais tout entier à la Crème, là-bas.....

Quand soudain, une voix tendre et des plus coquettes,

Une voix murmura. — "C'est moi! Ne le dis pas.„

MARANTA DES ANTILLES

Notre hôte, fin gourmet et grand charmeur d'oreilles,

Nous dit   « Apprêtez-vous, ce soir, à voyager,

« Nous avons, pour début aux douceurs sans pareilles,

« Le Maranta, qui croît au pays étranger.

« Aliment tout moderne, il est le fruit des veilles

« De médecins fameux dans l'art du bien-manger,

« Reposez-vous sur eux, et vous verrez merveilles

« Avec le Maranta, délicat et léger.

« Résumant en lui seul la flore des Antilles,

« Il charme l'odorat et flatte les papilles,

« Parfum des vastes mers auxquelles nous songeons !

« Mais c'est trop discourir, j'abrège ma préface.

« Le dîner est servi : que chacun prenne place.

« Salut au Maranta ! N'en parlons plus, mangeons !

FARINE DE CHATAIGNES

Loin des terres labourées,
Quand de hardis villageois
Exécutent des bourrées
Dont tremble tout l'Angoumois;

Comme la châtaigneraie
Forme un tapis de velours
Sous la danse qui s'essaie
En groupes joyeux et lourds!

Eh bien! sous la même écorce,
Cette grâce et cette force
Se retrouvent dans un mets;

C'est toi, que nul ne dédaigne,
Toi, Farine de châtaigne,
Mes délices désormais!

SEMOULE D'ITALIE

D'aspect simple, n'ayant rien de prime-sautier,
La bourgeoise Semoule appelle la faïence,
La soupière massive arrondissant sa panse,
Où reluit l'art naïf du Rouen et du Moustier.

Céréale modeste, ange de bienfaisance,
Elle répand ses dons parmi le monde entier.
L'oncle qui s'en nourrit, trompant mainte espérance,
Refait son estomac et nargue l'héritier.

Robuste au grand parent et légère à l'adulte,
Dans toutes les maisons elle est l'objet d'un culte.
En fait-on des gâteaux, il faut voir les babys

Devant ce panthéon spongieux, ébaubis,
Battre gaîment des mains près de leur mère heureuse!
Acte de Florian! Intérieur de Greuze!

SAGOU-FEYEUX

Rappelez-vous, chère Éliante,
Ces jours où, me traitant de fou,
Vous disiez, moqueuse et riante.
" Qui peut se nourrir de Sagou?

" Un singe, soit, jamais un homme!
" Il n'est qu'un roi d'Amatibou
" Pour digérer semblable gomme.
" Et puis, s'appelle-t-on Sagou?... „

Eh bien! la foi vous a touchée.
Il a suffi d'une bouchée
Pour vous convertir au Sagou.

Le suc dégusté, le mot passe,
Et je vous entends, à voix basse,
Dire " Encore un peu de Sagou! „

PERLES DU NIZAM

Méry, l'auteur de la Floride,
Aurait aimé ces perles-là,
Filles du rivage torride,
Blanches comme Séraphita.

Il eût offert à son Héva
Ce petit bijou sphéroïde
Et d'un orient si limpide,
Que le dieu Comus cisela.

Bon Méry ! je le vois encore,
Sous la barbe qui le décore,
Grisonnant comme un roi Priam.

Avec quelle naïve joie
Il aurait dit, œil qui flamboie ·
" Ce sont les perles du Nizam ! „

PURÉE RICHELIEU

Elle naquit en haut lieu,
Duchesse de gourmandise,
Au siècle qu'immortalise
Le beau nom de Richelieu.

Garniture, elle est exquise;
Potage, il est plein de feu;
Il jure par la sambleu.
Elle éclipse la Soubise.

Qu'il s'annonce avec fracas!
Cependant ne craignez pas
Qu'aucun convive ne bouge,

Au boudoir comme au festin,
Toujours vaincre est ton destin,
O potage à talon rouge!

TAPIOCA-JULIENNE

Julienne! un nom de femme,
Un doux nom composé,
Un nom qui dans mon âme
S'est impatronisé!

Julienne! un assemblage
De légumes coquets,
Un vif bariolage,
Mosaïque, bouquets!

O ma Julienne aimée!
Julienne, voulez-vous
Me voir à vos genoux?

O Julienne embaumée!
Apparais, et l'amant
Se relève gourmand!

PURÉE CRÉCY

Aux jours de dîme et de taille,
Crécy fut une bataille,
Dont le pays maltraité
Garde la plaie au côté.

Combat d'estoc et de taille !
De cette cruelle entaille,
O contraste ! il n'est resté
Qu'un potage réputé.

Le temps a, pour nos détresses,
D'irrésistibles caresses
Dont chaque Age est adouci

Légumes taillés en pièces
Disent seuls, en ce temps-ci,
Les grands combats de Crécy !

CHARLES MONSELET.

POTAGES NOUVEAUX

La maison FEYEUX, *rue Taranne*, 10, s'efforce chaque année d'accroître le régime alimentaire de quelque produit nouveau, agréable au goût ou salutaire à la santé. — Voici la liste des plus récents produits pour potages et purées :

Perles du Nizam, pour potages. . . .	1/2 k.	1	80
Maranta des Antilles, en semoule. . .	»	2	»
Semoule de patates de l'île Maurice. .	»	3	»
Potage impérial.	»	3	»
Théodoros-soup, potage abyssinien. . .	»	3	»
Tapioca-Julienne.	»	2	»
Farine cuite de flageolets verts pour purées.	»	3	»
Purée à la Richelieu.	»	1	50
Purée à la Soubise	»	3	»
Purée de Topinambours	»	3	»
Farine de giraumon, pour potage au lait..	»	2	50
Farine de noisettes, pour entremets .	»	5	»
Potage au céleri.	»	2	50
Semoule de julienne (14 légumes variés).	»	2	»
Semoule de gruau de santé.	»	1	60
Semoule d'ignames de Chine	»	5	»

Cette liste est loin d'être complète. — Il faut y ajouter le *meilleur, le plus bienfaisant, le plus savoureux* des potages

LE TAPIOCA-FEYEUX

10, rue Taranne, 10. — Paris

(DEMANDER LE CATALOGUE GÉNÉRAL)

Paris. — Imp. POITEVIN, rue Damiette, 1 et 4.

TAPIOCA FÉLEUX.